瑞鳥

田村雅之詩集

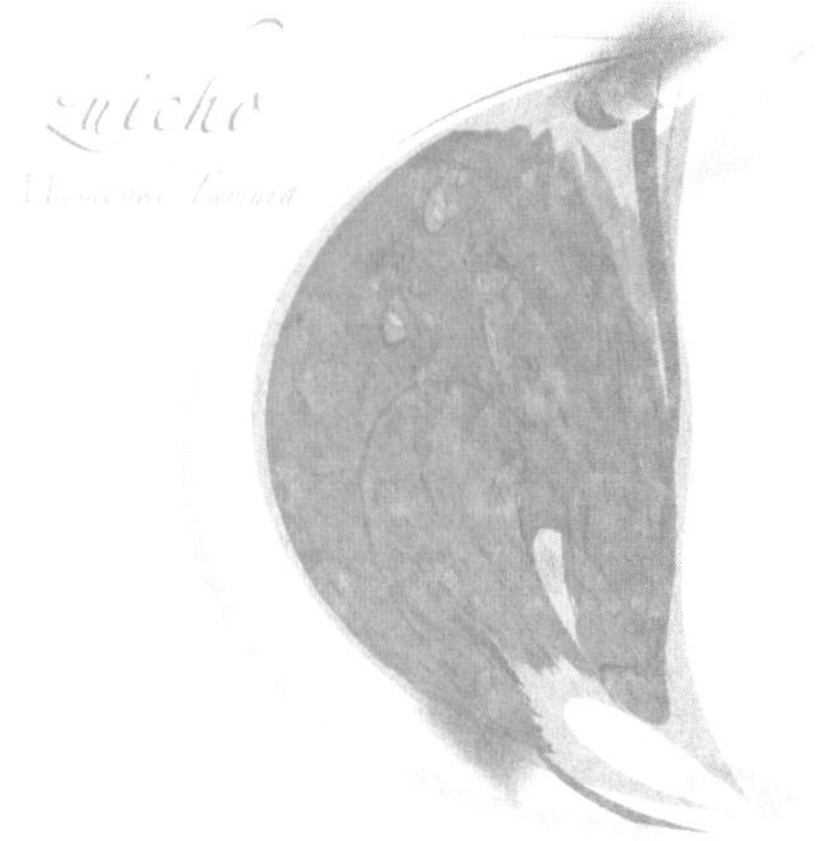

砂子屋書房

目次——瑞鳥

再会——あるいは不可思議な幽霊 10
深淵——うりずんの花 12
後のすがたかたち 16
瑞鳥 20
わが王国 24
範として 28
帰郷 32
童心論 36
乞食の犬 40
耳原《みのはら》の陵《みささぎ》へ 44
弓弭《ゆはず》の泉 48

速雨の乙女 52
宮相撲の庭 58
辻の話——悼・百々登美子 62
蚕の舞 68
さざなみの記憶 72
乾杯 76
飛行夜叉 80
鞆太先生 84
伝言 88
翁草 92
土震《すなふるい》塚へ 96

丹生里で　100
一騒動の記録　104
みんな、そらみみ　110
さあ跳んでみろ　114

あとがき　118
初出一覧　120

装本・倉本　修

詩集

瑞 鳥

ずいちょう

再　会――あるいは不可思議な幽霊

あの秋天の白雲の
そう、長きにわたる恋痛の
彼方からやってきたひとを認め

帽子の鍔に
そっと手をやり
挨拶をする

柿の大葉
数秒ごとに擦れる音を立てたのち
わずかの間を置き、ゆらり舞い落ちる
庭

漆喰の蔵と
古ぼけた大屋敷とのあいだ
ひかりのあたらぬ
沈黙《しじま》の空間に

時じくの実と一叢の芒を抱えて
たしかにあれほどに逢いたかった恋人が
ひとり立っていたのだ

深淵

——うりずんの花

思い返してみると
あれはひそかな誘いだったのかもしれない
南の、石垣島の花屋の娘が
マングローブの奥
下がり花が咲いているから
見に行かないかと

初夏

うりずん、という
よき音のコトバ
藤のような花房
下がり花
日が落ちる頃に咲きはじめ
夜明けには散ってしまう
一夜かぎりの
花
それを見に行かないか、と

行ってみたかった
といってもあとのまつり
じつは危ない場所では
なかったろうか

夢の
浮き舟から
パスカルの
深淵を覗き見るような

後のすがたかたち

田舎の庭に
老木となった
いまにも死に絶えそうな海棠の木が
俯角十五度のすがたをして
生きている
直《じか》に戻したら
即
折れて死ぬに違いない

自然に任せるのがふさわしいと
そのたたずまいから教わったのだった
薄紅色の
五弁花を下垂した
あの垂糸海棠の
なまめかしい容姿は
夢のよう

ここは鎌倉の
中原中也と小林秀雄が眺めた例の海棠の
妙本寺ではなく
ぼくの田舎
上州里見の庭なのだ
自然に身を任せた

ものみな歳月と共に滅びゆく
真実の
海棠の
後のすがたかたちなのだ

瑞鳥

令和と元号の革まった
皐月朔日の夕つ方
ものみな翠《みどり》吹きはじめる
ここ碓氷の細い川曲《かわわ》のあたり

神社のある
小高い岡上から
とつぜんつばさを広げ

大きな鳥がやってきた

体温が伝わるくらいの距離で
飛翔するすがたを見上げ
周囲は
一斉に
声を喚げた

あれは鶴だろうか
それとも
後頭に黒橡《くろつるばみ》の羽根を見せる
大きな青鷺だったか

いずれにしても

瑞兆の鳥にちがいない

一刻の幸いに
若きらも交えた皆々は
微笑していたのだった

人の世のさびしさを越えて

わが王国

南に赤城山
北には谷川岳を望む
利根川の傍ら
河岸段丘の下方に
矢瀬《やせ》遺跡がある

じつはわが大祖たちはこの集落に
長い間居たのかもしれない

いまからおよそ三、四千年も前のこと
利根川のトネ（tunne）とは
アイヌ語で、長いという意味か
あるいはまた大きな谷を意味するトンナイからきた言葉か
いずれにしてもここは長い川の
はじまるあたり

この利根郡月夜野という
美《は》しき名の里から
すこし下流の
渋川・八崎舟戸に
わたしは小学生の終わり頃まで住んでいた

地の子供たちが

山鳥や小さなけものを仕留めるために
精巧な仕掛けに組んだ
竹や紐を眼に焼き付けた
確かにあの組み方や結び方は
縄文の時代と
ほとんど差異はないだろう

あのあたり
すなわち関東平野が一気にすぼみはじめる
扇子の要あたり
そこがわがふるさとと
耳の奥に
古代鈴を置いた
まぎれもなき

わが永遠の王国なのだ

範として

ずいぶん昔のことだ
秋旻《しゅうびん》の
みすずかる上田
信濃デッサン館の
奥部屋の玻璃窓から
まことまぐわしい橙赤色の実を付けた
幾本もの
一位の木を凝視《じ》っと見ていたことがある

静かな塩田の裏山に
火を灯《とぼ》し
木の精を迎え入れる
かのように怪しいまでの
全き聖なるたたずまいである

たとえば一位の木の
　一位とは風に揺られる　　阿部完市

こんな句が口を衝き
清冽な思いに駆られたのだった

襟を正し

その姿を
範《のり》として
勁く、堅く
残んの時間を
ひとすじ生きてゆけたならと
頼みの言葉を包み
やくざな心髄に
刻みつけるよう思った

帰郷

田舎の老い人に
そろり擦れ違い
挨拶をする
まるで詐欺師のような

だがしかし、表情ひとつ変えず
皺のその人は無言で
その場を往き過ぎる

今日は、故郷の
盆を迎える
朝なのだ

あたりは幾分か
いつもと異なり
ちからの湧き出でる
あらたしき風景の趣だ

懐かしく
わが旧家のめぐりを見廻すも
誰一人知る人がない
われはたしかに余所ものなのだ

寂しさを包みかくし
すこし俯き加減に
おのれの起居すがたを確かめている

帰郷とは、はたして
かくなることであったかと
愀然の風が、ふいっと
教えてくれた

童心論

昔、夏の暑い盛り
数人で、中国泉州大橋近くの舟着き場の
琉球館跡をたずねようと
ぶらり福建省を歩いていたら
ひとりの仲間が大声で
「李卓吾の故居だ」と叫んだ
別のひとりが李卓吾とは誰だ、とすかさず問う

李卓吾は、本名李贄《りし》という
明代末の儒者
自ら儒教反徒と称し
世俗の交わりを絶ち
過激な言説で七十六歳で下獄
翌年自殺した人だ

幕末に、吉田松陰は
萩の野山獄でその著書を愛読、抄写し
いっそう思想は過激になったという

司馬遼太郎も
なんども理解しようとしたが
李卓吾は遠い人間

「いまではほとんど何もこころにとどまっていない」
そう述懐している

『ツァラトゥストラ』に
「三つの変化について」という節があり
精神の三変化を説いている
精神がラクダに
そしてラクダが獅子に
最後に獅子が子供になるのだ、と

子供は無邪気
忘却
ひとつの遊戯
神聖な肯定だと髭のニーチェは言う

童心の純真さは一のもの
「孔子も経書も万世不易の最高価値ではない」と
李卓吾が著した『焚書』から
はるか二八〇年の後に
哲学者ニーチェは
そっくりな童心論をドイツ語で書いたのだ
松陰没後四半世紀のことである

乞食の犬

父の出兵したのは
ロシア、千島列島のほぼ中央
碧空を海猫が翔び
夏にはオットセイが
群れをなし
子を産むためにやって来る
得撫島《うるっぷとう》

日本軍の全滅した
あのアッツ島に
白い桜が咲くころ
とつぜん
原子力船空母カールビンソンが
日本海へと入ってきた。
対馬の旅を
計画していた頃のこと

なぜかそんな昔のことや
幾年か前の
戦のくさぐさ
海防のえだえだを思いだして
鬱々としていると

近頃の
世界の駆け引きのニュースに
こころ塞いでいる自分が鏡に映った

ロマンティィーッシュな退嬰主義
そういわれて五十年
これではまるで

釈迦頭《バンレイシ》を両手で抱え
生涯を
よぼよぼとふらつき歩く
乞食の犬のようだ

耳原《みのはら》の陵《みささぎ》へ

鳴きわたる
あれは雁のなみだか
霜露か
ひとりの女のからだの
うちがわを伝って
滲みてくるように
百舌鳥《もず》の、み、の、は、ら、へと呟いて
衷心より

その古き陵《みささぎ》の表情を
そっと覗きこんでみる

薄暗い
洞のすがたの
灰緑のやや青みがかった膕《ひかがみ》のあたり
匂いは
既に石棺の奥深くにいつかしら
移って居るのだろうか

はやく戸接ぎて
毬になりたいと
まぼろしの庶幾の声が
聞こえてきた

すべて古代の憧憬が
映し出す
現象だ
経文歌の鳥髪を撫で
楽鐘器の白き脚をさすり
さならばともに飛んでゆこうかと
声さし掛ける

行く先はひとつ
百舌鳥《もず》の耳原《みのはら》の
あの陵《みささぎ》へ

弓《ゆ》弭《はず》の泉

杉の大木の根方から覗き見
隻眼を闇に慣らすように
しまらく凝視していると
老緑色をした骨をもった龍が
透きとおった水の中から
ゆっくりと出てくる

その洞《ほら》の奥深くに

長い時間をついやし
黒朱の実のならんだ
無患子《むくろじ》の杪《すわえ》の架かる岩間に滲み
漏刻のように
ひと垂れひと垂れ落ちている
弓弭《ゆはず》の泉
北上川という名の
川のはじまりがここだ

そんな龍なのだから
惝怳《しょうこう》のこころを打ち叩き
ままならぬ現実のゆくたてに
立ち尽くすおのれを
ふたたび奮いたたせ

醇乎たる精神を
まさおの身にまとい
是非に無事に流れていってほしい

海に出るまでが一世
かおりたかい流れとなって
大河をつくってくれたまえと
この森ぜんたいが祈っているかのよう

そんな声が聞こえてくるのだ

速雨の乙女

昔、まだ初《うぶ》な十代の頃
渋谷と二子玉川園の間を走る
路面電車の往復二十五円時代
用賀駅でよく見かける
美人の女の子がいた
彼女は当時、目白の学校に通っていた

ぼくは東京に出て来たばかり

見もしらぬ女性に
声なんか掛けられるわけがない
その子とは
十年ばかり後に知りあうことになるのだけれど

当時、彼女が好きだったのは
玉電の車掌さん
彼女のおじいさんは
第二次世界大戦の敗戦後
A級戦犯として処刑された方ということだった
住んでいる家もぼくの家近くだったらしい

駅の隣には
中高生や若者が屯する万屋、兼安パーラーがあり

バス通りには「ヴァンス」という名の洒落た喫茶店もあって
湘南美人のウェートレスがいた
学生時代の彼女も幾度かは覗いたことがあったのではないだろうか

空穂の息の章一郎先生の
護国寺での葬儀の後
「上の墓地に将軍の墓がある、行こうか」
そう大島史洋と小高賢に誘われた
しかたなく従いていったが、墓はついに見つからなかった
「左翼反対派」のオレが何故だよ
などと小言をブツブツ言って
気鬱の足取りだったのを覚えている

こんなこともあった

「未来」の会合の日
じつはそのおり初めてきちんと二人は出会ったのだと思う
彼女は親しい友に
「いい男を紹介する」と言われ
彼女はぼくの前に吃々《きき》っと現れ
最初に発した言葉

「どこが?」

十年くらい前に
たいそう美しいと思っていた
速雨《はやさめ》の初恋のような乙女に
再会した印象は
やはり、此の世に

こんなきれいな人が居るのだろうか
だったのだけれど

宮相撲の庭

八幡神社の境内に
埴生の土俵土が盛りかためられ
紅白の布帛が林のまわりをかこみ
香具師の派手な染め地の幟《のぼり》だって
きっと、五枚や六枚はあっただろう
地図でいえば
関八州の臍のあたり
上州渋川の四つ角から

伊香保へ向かって北へ
坂をずずっと登り
北小学校の上の元町を左へ曲がれば
松や杉や櫟林で小暗くなった
鎮守の森が見えてくる
そこが宮相撲の庭
唐錦がならんで
そこにぼくら憧れの
横綱栃錦が居る
できものの跡が消えず残った
月面のクレーターに似た
じつにきれいな尻だった
もう一人の横綱は鏡里
へんぱいをし、四股を踏む力士の脇で

まん丸の腹の突き出た
裸姿が幕の奥中にのぞき見え
おちんちんの意外にちさかったのに
目を瞠ったのだった
十歳に満たぬ餓鬼どもの目である
何人かのおつきの力士が
横綱を団扇でひたすら扇いでいた
ピーひゃら、ピーひゃら笛の音が高く
櫓太鼓も、鉦の音も昭和の匂い
質朴の色を連れてぷんぷんと漂い流れ
その光景は
すべてが遙か遠いことなのだが
じつは昨日のようでもある
六十五年も時は静かに

記憶の映写機を回して
想い出しているじぶんの
宙ぶらりんの今が
なんとも不可思議
そんな気分の味わいである

辻の話

——悼・百々登美子

黄昏どき
深山の太い木に交じって
淡い朱の花びらを開いている
自然《じねん》の椿
その色あいと位置を
確かめ
みずからのうつつの姿に
相似していると思い

記憶の波座《なぐら》を潜って
誰れ知らずその傍らを
過ぎた

動かなければ
解《ほど》けぬ渦
そう夢なかで思ったのは
事実なのだが
ふと目覚めてみれば
真夜ふかく
彼方の山脈の背に
いくつか雷が
轟いていたのだった

そのような月光いろの
述懐を
認めてくれたひとは
もういまは
この世に居ない

秋暮れて
富有柿を剝きながら
あっけなく一夏のうちに
逝ってしまったひとを
そのひとが
いつかに教えてくれた
辻の話を思い出している

見知らぬところへ
行く道
そこで迷ったらもう
二度と元の道には帰れない
という辻の話

ふと今しまし思うのだ
じぶんもまた
樋を伝う山水の声を聞きながら
直に永遠の眠りに落ちていく時が来るだろう
くりかえしがえし
思いをめぐらせていると
残照のうすら明りに
あわてて

いま来た道を
探しはじめている

蚕の舞

うつむいた詩を書くな
行間にひかりの筋が
ほの見えるようなすがたで
言葉を選べ

眉のかくしどころ
つまりは頭の飾りのようなもの
そんなものは捨ててしまったほうがよいと

隣のひとが教えてくれているように思う

覚悟がきまったら
ペンをもって
尾が絡まったような格好で
一篇を書きはじめるのだ
そこからが
蚕《かいこ》の舞のはじまりだ

昨日見てきた古墳にも
絹のオアシスというのがあったろう
あそこでひとはみな
無心で
土にひれ伏す祈りをする

さてぬかずいたあとは
夢のなか
儚い意志と希望が
繭玉のように
ひかりかがやき
ころがっているかもしれないではないか

さざなみの記憶

明けるにはまだ早い刻のこと
記憶の向こうには
翡翠色をしたひともとの松の根方ちかく
平らかに
おかれた石
そこの上面に薄氷が張って
鳥たちは
今か今かと

やいばなす朝の光が束になって
投げこまれるのを
待っている

菫色に暮れるころあいになると
木々の枝先には
見知らぬ風が
つまり短日の永遠が通り過ぎていくのだ

もうこれは
太古の悲しみ
みれば落日のなみだが
ひとすじ家並みのほほを伝い落ちていく
ほとんどさざなみの記憶

すがたかたちを水のおもてに残し
一日《いちじつ》の間《かん》に
あまたたび、幾羽の鳥たちが
か細い足を平石のへりに乗せて
哲学の首を捻ったり
クリティークの舌打ちしたり
のち少時《しまし》水浴びをして
歓喜の翅を振るわせ
飛び立って行ったのだろう

乾杯

新型コロナウィルスが
飛び廻り
世間を騒がせゆるがせているさなか
粉雪ふりしきる朝方
ヤマトの宅急便のお兄ちゃんが
荷物を届けにやってくる

紐を解くと中からは

クレーの肖像画《スケッチプリント》（e・p版）が一枚
「わたしは死者と伴にある」と
画家の言葉が添えられている

ある日クレーのアトリエで
ピカソはその絵を見て
「パスカルだ！」と叫んだらしい
額が光って
たしかに大きな眼だったのだ

贈り主の倉本修は
さらに一言言葉を添えて
「乾杯！」と
相模の原のわたしも

返す言葉で
「春の雪に乾杯！」と

画　倉本修　「The portrait of Paul Klee」より

飛行夜叉

雨つぶを撥《はら》うように
まなぶたを上げ
小さな声で、烏瓜を
「狐の枕」と呼んでみる

迷ったのは
虚無の未来
たしかこのあたりではなかったか

意中のひとをひた思い
憑かれたように
佐那の神社《かんやしろ》の杜に入ってみる

闇に声かけると
彼方に精霊が
真白な布きれに変化して怪しく揺れ
四方からけだものの眼で
こちらを凝っと視つめている

案内《あない》のひとは、じつは
飛行《ひぎょう》の夜叉
闇に互いの手をとりあって
天にかけのぼっていく

まさに鵬程の旅立ち
耳を澄ませば
影のきしみの音がする

鞆太先生

碓氷のわが家の先祖に
曾祖父の兄で
鞆太という名の人が居た
号は源雅雄
文久二年九月十三日の生まれで
明治十二年六月七日に亡くなった
享年一七の早逝だ
死因はコレラ

その年三月コレラが松山から発生した
またたくまに全国に蔓延
コレラ予防のために
野菜・果物・魚類の販売禁止令発布
細民困窮
米商を襲撃など、世が荒れた
年末までの患者総数は一六万二六三七人
死亡は一〇万五七八四人だ
かの鞆太先生は若き医者
高崎の在にある実家で
患者を看ながら
みずから罹患したのだ
歴史書に残る歴史の事実とわが家のおもいとは大違い
家業の跡継ぎが倒れ

そのとき親族内は大揺れだった

家内《やぬち》に横幅二間ほどの
作り付けの神棚
その棚に新旧二つの御社があり
古い位牌がたくさん並んでいる
明治初期のガラス版写真もあって
鞆太先生が映っていた
まるで幕末の勤王の志士みたい
若いころそう思ったことを
新型コロナウイルスが流行り
まさに感染爆発《オーバーシュート》する寸前の今
とつぜんに思い出したのである

伝言

わたしのいちばん大事な人が
居なくなって既に九年と十か月
「よしなにお伝えくだされ」
そう願いをしたらすみやかに
だれか願いを
聞いてくれるのだろうか

あから引く

今朝はもしかしたらその人に
会えるかもしれぬと
期待に胸ふくらませ
めずらしくちかくの深堀川の川沿いを歩いた
すると四十雀や鵯が
まがまがしき葉桜の枝の
ひるかげの隙間から頭をのぞかせ
咽喉を湿らせ挨拶をくれる
世の中大変なことになっているではないか
ニンゲン皆白いマスクをして
まるで宇宙人のようだと

そうだ、固有時を生きる
あなただったら

現在《いま》をなんと言うか
ぼくの脳髄めがけて
稜起《いらら》ぐほどの
お得意の鋭い舌鋒で
何とか言ってくれないか
お願いだから

翁草

右大臣実朝の首塚から
ぶら下げ持って帰った翁草が
芽をだし
濃い紫の花を見せはじめ
なんとも言えぬ色香である

ツヴァイドイティッヒ
両義性

64	小池　光	『続々 小池　光 歌集』現代短歌文庫65	2,200
65	小池　光	『新選 小池　光 歌集』現代短歌文庫131	2,200
66	河野美砂子歌集	『ゼクエンツ』＊葛原妙子賞	2,750
67	小島熱子	『小島熱子歌集』現代短歌文庫160	2,200
68	小島ゆかり歌集	『さくら』	3,080
69	五所美子歌集	『風　師』	3,300
70	小高　賢	『小高　賢 歌集』現代短歌文庫20	1,602
71	小高　賢 歌集	『秋の茱萸坂』＊寺山修司短歌賞	3,300
72	小中英之	『小中英之歌集』現代短歌文庫56	2,750
73	小中英之	『小中英之全歌集』	11,000
74	小林幸子歌集	『場所の記憶』＊葛原妙子賞	3,300
75	今野寿美歌集	『さくらのゆゑ』	3,300
76	さいとうなおこ	『さいとうなおこ歌集』現代短歌文庫171	1,980
77	三枝昻之	『三枝昻之歌集』現代短歌文庫4	1,650
78	三枝昻之歌集	『遅速あり』＊迢空賞	3,300
79	三枝昻之ほか著	『昭和短歌の再検討』	4,180
80	三枝浩樹	『三枝浩樹歌集』現代短歌文庫1	1,870
81	三枝浩樹	『続 三枝浩樹歌集』現代短歌文庫86	1,980
82	佐伯裕子	『佐伯裕子歌集』現代短歌文庫29	1,650
83	佐伯裕子歌集	『感傷生活』	3,300
84	坂井修一	『坂井修一歌集』現代短歌文庫59	1,650
85	坂井修一	『続 坂井修一歌集』現代短歌文庫130	2,200
109	内藤　明 歌集	『薄明の窓』＊迢空賞	3,300
110	内藤　明	『内藤　明 歌集』現代短歌文庫140	1,980
111	内藤　明	『続 内藤　明 歌集』現代短歌文庫141	1,870
112	中川佐和子	『中川佐和子歌集』現代短歌文庫80	1,980
113	中川佐和子	『続 中川佐和子歌集』現代短歌文庫148	2,200
114	永田和宏	『永田和宏歌集』現代短歌文庫9	1,760
115	永田和宏	『続 永田和宏歌集』現代短歌文庫58	2,200
116	永田和宏ほか著	『斎藤茂吉—その迷宮に遊ぶ』	4,180
117	永田和宏歌集	『日　和』＊山本健吉賞	3,300
118	永田和宏 著	『私の前衛短歌』	3,080
119	永田　紅 歌集	『いま二センチ』＊若山牧水賞	3,300
120	永田　淳 歌集	『竜骨（キール）もて』	3,300
121	なみの亜子歌集	『そこらじゅう空』	3,080
122	成瀬　有	『成瀬　有 全歌集』	7,700
123	花山多佳子	『花山多佳子歌集』現代短歌文庫28	1,650
124	花山多佳子	『続 花山多佳子歌集』現代短歌文庫62	1,650
125	花山多佳子	『続々 花山多佳子歌集』現代短歌文庫133	1,980
126	花山多佳子歌集	『胡瓜草』＊小野市詩歌文学賞	3,300
127	花山多佳子歌集	『三本のやまぼふし』	3,300
128	花山多佳子 著	『森岡貞香の秀歌』	2,200
129	馬場あき子歌集	『太鼓の空間』	3,300
130	馬場あき子歌集	『渾沌の鬱』	3,300

154	三井　修	『続 三井　修 歌集』現代短歌文庫116	1,650
155	森岡貞香	『森岡貞香歌集』現代短歌文庫124	2,200
156	森岡貞香	『続 森岡貞香歌集』現代短歌文庫127	2,200
157	森岡貞香	『森岡貞香全歌集』	13,200
158	柳　宣宏歌集	『施無畏（せむい）』＊芸術選奨文部科学大臣賞	3,300
159	柳　宣宏歌集	『丈　六』	3,300
160	山田富士郎	『山田富士郎歌集』現代短歌文庫57	1,760
161	山田富士郎歌集	『商品とゆめ』	3,300
162	山中智恵子	『山中智恵子全歌集』上下巻	各13,200
163	山中智恵子 著	『椿の岸から』	3,300
164	田村雅之編	『山中智恵子論集成』	6,050
165	吉川宏志歌集	『青　蟬』（新装版）	2,200
166	吉川宏志歌集	『燕　麦』＊前川佐美雄賞	3,300
167	吉川宏志	『吉川宏志歌集』現代短歌文庫135	2,200
168	米川千嘉子	『米川千嘉子歌集』現代短歌文庫91	1,650
169	米川千嘉子	『続 米川千嘉子歌集』現代短歌文庫92	1,980

＊価格は税込表示です。

砂子屋書房　〒101-0047 東京都千代田区内神田3-4-7
電話 03（3256）4708　FAX 03（3256）4707　振替 00130-2-97631
http://www.sunagoya.com

19	今井恵子 著	『ふくらむ言葉』	2,750
20	魚村晋太郎歌集	『銀　耳』（新装版）	2,530
21	江戸　雪 歌集	『空　白』	2,750
22	大下一真歌集	『月　食』＊若山牧水賞	3,300
23	大辻隆弘	『大辻隆弘歌集』現代短歌文庫48	1,650
24	大辻隆弘歌集	『橡（つるばみ）と石垣』	3,300
25	大辻隆弘歌集	『景徳鎮』＊斎藤茂吉短歌文学賞	3,080
26	岡井　隆	『岡井　隆 歌集』現代短歌文庫18	1,602
27	岡井　隆 歌集	『馴鹿時代今か来向かふ』（普及版）＊読売文学賞	3,300
28	岡井　隆 歌集	『阿婆世（あばな）』	3,300
29	岡井　隆 著	『新輯 けさのことば Ⅰ・Ⅱ・Ⅲ・Ⅳ・Ⅵ・Ⅶ』	各3,850
30	岡井　隆 著	『新輯 けさのことば Ⅴ』	2,200
31	岡井　隆 著	『今から読む斎藤茂吉』	2,970
32	沖　ななも	『沖ななも歌集』現代短歌文庫34	1,650
33	尾崎左永子	『尾崎左永子歌集』現代短歌文庫60	1,760
34	尾崎左永子	『続 尾崎左永子歌集』現代短歌文庫61	2,200
35	尾崎左永子歌集	『椿くれなゐ』	3,300
36	尾崎まゆみ	『尾崎まゆみ歌集』現代短歌文庫132	2,200
37	柏原千惠子歌集	『彼　方』	3,300
38	梶原さい子歌集	『リアス／椿』＊葛原妙子賞	2,530
39	梶原さい子歌集	『ナラティブ』	3,300
40	梶原さい子	『梶原さい子歌集』現代短歌文庫138	1,980

	著者名	書名	定価
41	春日いづみ	『春日いづみ歌集』現代短歌文庫118	1,650
42	春日真木子	『春日真木子歌集』現代短歌文庫23	1,650
43	春日真木子	『続 春日真木子歌集』現代短歌文庫134	2,200
44	春日井　建	『春日井　建 歌集』現代短歌文庫55	1,760
45	加藤治郎	『加藤治郎歌集』現代短歌文庫52	1,760
46	雁部貞夫	『雁部貞夫歌集』現代短歌文庫108	2,200
47	川野里子歌集	『歓　待』＊読売文学賞	3,300
48	河野裕子	『河野裕子歌集』現代短歌文庫10	1,870
49	河野裕子	『続 河野裕子歌集』現代短歌文庫70	1,870
50	河野裕子	『続々 河野裕子歌集』現代短歌文庫113	1,650
51	来嶋靖生	『来嶋靖生歌集』現代短歌文庫41	1,980
52	紀野　恵 歌集	『遣唐使のものがたり』	3,300
53	木村雅子	『木村雅子歌集』現代短歌文庫111	1,980
54	久我田鶴子	『久我田鶴子歌集』現代短歌文庫64	1,650
55	久我田鶴子 著	『短歌の〈今〉を読む』	3,080
56	久我田鶴子歌集	『菜種梅雨』＊日本歌人クラブ賞	3,300
57	久々湊盈子	『久々湊盈子歌集』現代短歌文庫26	1,650
58	久々湊盈子	『続 久々湊盈子歌集』現代短歌文庫87	1,870
59	久々湊盈子歌集	『世界黄昏』	3,300
60	黒木三千代歌集	『草の譜』	3,300
61	小池　光 歌集	『サーベルと燕』＊現代短歌大賞・詩歌文学館賞	3,300

	著者名	書名	定価
86	酒井佑子歌集	『空よ』	3,300
87	佐佐木幸綱	『佐佐木幸綱歌集』現代短歌文庫100	1,760
88	佐佐木幸綱歌集	『ほろほろとろとろ』	3,300
89	佐竹彌生	『佐竹弥生歌集』現代短歌文庫21	1,602
90	志垣澄幸	『志垣澄幸歌集』現代短歌文庫72	2,200
91	篠　弘	『篠　弘 全歌集』＊毎日芸術賞	7,700
92	篠　弘 歌集	『司会者』	3,300
93	島田修三	『島田修三歌集』現代短歌文庫30	1,650
94	島田修三歌集	『帰去来の声』	3,300
95	島田修三歌集	『秋隣小曲集』＊小野市詩歌文学賞	3,300
96	島田幸典歌集	『駅　程』＊寺山修司短歌賞・日本歌人クラブ賞	3,300
97	高野公彦	『高野公彦歌集』現代短歌文庫3	1,650
98	髙橋みずほ	『髙橋みずほ歌集』現代短歌文庫143	1,760
99	田中　槐 歌集	『サンボリ酢ム』	2,750
100	谷岡亜紀	『谷岡亜紀歌集』現代短歌文庫149	1,870
101	谷岡亜紀	『続 谷岡亜紀歌集』現代短歌文庫166	2,200
102	玉井清弘	『玉井清弘歌集』現代短歌文庫19	1,602
103	築地正子	『築地正子全歌集』	7,700
104	時田則雄	『続 時田則雄歌集』現代短歌文庫68	2,200
105	百々登美子	『百々登美子歌集』現代短歌文庫17	1,602
106	外塚　喬	『外塚　喬 歌集』現代短歌文庫39	1,650

砂子屋書房 刊行書籍一覧（歌集・歌書）

2024年 8 月現在

＊御入用の書籍がございましたら、直接弊社あてにお申し込みください。
代金後払い、送料当社負担にて発送いたします。

	著 者 名	書 名	定 価
1	阿木津　英	『**阿木津　英 歌集**』現代短歌文庫5	1,650
2	阿木津　英 歌集	『**黄　鳥**』	3,300
3	阿木津　英 著	『**アララギの釋迢空**』＊日本歌人クラブ評論賞	3,300
4	秋山佐和子	『**秋山佐和子歌集**』現代短歌文庫49	1,650
5	秋山佐和子歌集	『**西方の樹**』	3,300
6	雨宮雅子	『**雨宮雅子歌集**』現代短歌文庫12	1,760
7	池田はるみ	『**池田はるみ歌集**』現代短歌文庫115	1,980
8	池本一郎	『**池本一郎歌集**』現代短歌文庫83	1,980
9	池本一郎歌集	『**萱鳴り**』	3,300
10	石井辰彦	『**石井辰彦歌集**』現代短歌文庫151	2,530
11	石田比呂志	『続 **石田比呂志歌集**』現代短歌文庫71	2,200
12	石田比呂志歌集	『**邯鄲線**』	3,300
13	一ノ関忠人歌集	『**さねさし曇天**』	3,300
14	一ノ関忠人歌集	『**木ノ葉揺落**』	3,300
15	伊藤一彦	『**伊藤一彦歌集**』現代短歌文庫6	1,650
16	伊藤一彦	『続 **伊藤一彦歌集**』現代短歌文庫36	2,200

	著 者 名	書 名	定 価
131	浜名理香歌集	『**くさかむり**』	2,750
132	林　和清	『**林　和清 歌集**』現代短歌文庫147	1,760
133	日高堯子	『**日高堯子歌集**』現代短歌文庫33	1,650
134	日高堯子歌集	『**水衣集**』＊小野市詩歌文学賞	3,300
135	福島泰樹歌集	『**空襲ノ歌**』	3,300
136	藤原龍一郎	『**藤原龍一郎歌集**』現代短歌文庫27	1,650
137	藤原龍一郎	『続 **藤原龍一郎歌集**』現代短歌文庫104	1,870
138	本田一弘	『**本田一弘歌集**』現代短歌文庫154	1,980
139	前　登志夫歌集	『**流　轉**』＊現代短歌大賞	3,300
140	前川佐重郎	『**前川佐重郎歌集**』現代短歌文庫129	1,980
141	前川佐美雄	『**前川佐美雄全集**』全三巻	各13,200
142	前田康子歌集	『**黄あやめの頃**』	3,300
143	前田康子	『**前田康子歌集**』現代短歌文庫139	1,760
144	蒔田さくら子歌集	『**標のゆりの樹**』＊現代短歌大賞	3,080
145	松平修文	『**松平修文歌集**』現代短歌文庫95	1,760
146	松平盟子	『**松平盟子歌集**』現代短歌文庫47	2,200
147	松平盟子歌集	『**天の砂**』	3,300
148	松村由利子歌集	『**光のアラベスク**』＊若山牧水賞	3,080
149	真中朋久	『**真中朋久歌集**』現代短歌文庫159	2,200
150	水原紫苑歌集	『**光儀（すがた）**』	3,300
151	道浦母都子	『**道浦母都子歌集**』現代短歌文庫24	1,650

わいせつな！　と、唇をなめた後
ひそかに呟いてみた
青衣の女人を想い
傾眠現象にはいりこむ
ままならぬ我が身の
自然のすがたに
驚いているのだ

高円《たかまど》の尾の上の雉子《きぎす》朝な朝な
　嬬《つま》に恋ひつつ鳴音かなしも　（実朝）

この歌に、
人の親の未通女《をとめ》ごするゐて守山辺から
　朝な朝な通ひしきみが来ねば哀しも　（『万葉集』巻十一・二三六〇）

を重ねておもいだしている

腰の曲がった老人の解釈だが、
それはきっと色なのだ

たしかにうしろから人をかかえ抱き
相交わる形
尼にも字が似て
女男の親昵の状のようではないか
ねえ、もういちどいいだろう、と

土震塚《すなふるい》へ

新型コロナウイルスの感染が蔓延する梅雨空の下　小田急線に乗り　藤沢市の六会日大前という名の駅舎に降りた　昔横山大膳という盗賊の謀で　毒を呑まされ　埋められた判官が　その土震る岡をうち割って　餓鬼阿彌となって蘇生し　またふたたび人の世のあらわな光を浴びてあらわれたという　そんな小栗判官と照手姫の物語・伝説が残るここ　相模

の西保野を散策しはじめる　まずは閻魔大王像（この胎内に石造の閻魔大王像が入っているのだ）を祀ってあるという花應院へ　そういえばわが家にはずっと以前小中英之から預かっている陶器の獅子像がある　その手首ほどの像の体内にも何か音のするものが入っていて　この閻魔像と関係があるのではとふと思ったのだった　院の住職に周囲の道を教わり小栗判官の塚跡に向かう　途次、飯田牧場の即売の看板を見つけ　新鮮で濃厚な牛乳を飲む　しばらく坂を下りていくと　小栗判官の墓石がある法王院十三堂の閻魔堂跡に　鎌倉古道、境川の向こうから　小栗判官、瞽女、土手番浪士、諦欣、智眼の眠る　死者の杜め

がけ強風が吹きつけ　あたりの大木が撓い
深緑の枝葉が騒ぐ　強力で、荒ぶ、鋭き音の
交る音のおもむき　さすが霊のかかわり処と
思われ　音を立てずに薄気味悪い笑いをうか
べ舌を出す影が居たのだった　ぐるり境川の
堤に沿って歩を進めると　瞽女淵と土手番様
の碑に　さらに藪丘を登っていくと小道の脇
には木槿の木花が立ち並び　その向こうには
トマト栽培の破れビニールが風にはたたき
路上には濡れたズボンやシャツがうち捨てら
れて　いささか虚無的な六月の漆黒の風光で
ある　さいごはやはりあの土震塚　伝えによ
ると遊行寺の十四代大空上人の夢枕で小栗判
官の蘇生が告げられる　上人がここ相模の上

野原に着くと　判官が身体についた土を震い
落としていたという　そしてここにひともと
榊を植えて行ったのだ　身のちかくに滅びゆ
くものの美しさが　たしかにあるだろう　白
塗りの化粧したピエロに似て　美しい少年を
愛する死の影が　街にただよい容赦なく　た
しかにウィルスが人間を発見したのだ　人間
の顔をした野蛮が行き交うそんないまだから
こそ　泥濘《ぬかるみ》の原の塚に立って　榊の前にぬか
ずくのだ　蓬萊の山も三途の川も信じてはい
ないけれども

丹生里で

昨夜、西の方から鳴弦が聞こえ
そうあの面影草が咲くように
新型コロナウイルス（covid-19）の蔓延する下で
不吉な知らせが腑のうちにとどいた
そんな気配がした

いっぽう目を外にやれば
風は微音をたて

匂いに敏いじぶんは
遠くに行ってしまったひとりの女へと
執着はそそいで
月の下びに向くのだ

月明のなか
蚊の立つような
虎耳草をじっと見遣りながら
ひとりひたすらに思いつづける
そうだ思うことは
たいせつだ
枉げず、たとえ俗にまみれても
朴念とか蒙昧とか呼ばれても
かまわず生きて

ひとつ思いをつらぬくことだ

龍神湯に
うつし身を涵し
夢中に獣たちと
交《まぐわ》いあったあと
吐息のような
なまぐさい匂いが
森の中から迷い込んで
ふいっとかくれるよう
丹生川の霧立ちのぼる朝かげに
消えて行った
潺湲《せんかん》たる流水

川上の向こうから
きぬに裸身を包んだ女神があらわれ
袖を唇に当て
すこし前にあった自身のデ・ファクトを打ち消すように
すこしあわてた風情に
とても咽喉が渇いた
一掬の山清水を口にあてたいと
人格をうしなったひとのようひたすら
所望するのだった

一　騒動の記録

田舎の家で
新型コロナウイルスの感染拡大の最中、またしても一つ
づりの和紙を見つけた
当時は、まだ紙は相当に貴重なものだったのだろう
半紙判の紙の表紙巻紙には、雁皮紙・熱海産清水堂製と
朱の版が押され、表紙には、明治二十九年度赤痢病紀
附里見村騒動実録と書かれた三十六頁に亘る筆書である
書き出しはつぎのようにある

本年六月初旬、再帰熱県下に侵入せんとする兆あるや、之か予防に注意せしか、本村においては、六月中旬より上里見村において五、六名の腸チフス発せるを以て、これらの予防につとめたり。しかるに六月中旬、吾妻郡に赤痢病発生の兆しあるや、疾風席巻の勢いを以て蔓延し、次で六月下旬、隣村西群馬郡室田村大字中室田に、同病発生蔓延の兆しあるを以て、充分警戒留意せしに、七月十日、中里見村中里見勝五郎方にて患者あるを以て、診を乞う。以て同日、午後三時往診せし。一家四名臥所にあり。一々これを検するに、皆赤痢患者なり。驚いて其の発生の原因を訊ねるに、傳播の経路判然せざるも、三男善作(十二歳)なるもの、七月六日より下痢を発するも敢えて意に介せず、売薬に委頼せしか、次で他の三名、八日より同時に下痢を発せりという。依って帰路隣接せる村役場に至り、赤痢患者発生の旨を通知し、直に駐在所へ通報をこいしが、当時初発にして、吏員も赤痢患者の処置に経験なく、ただ腸チフスに類似せる者とのみ思考せる時期にて、その処置甚だ緩慢にして、翌十一早朝、駐在所へ通報せしが、不在なるを以て、同時に安中警察署は特使を発せり。次いで二女、十一日午前九時死亡せり。同日安中警察署長渡辺警部出張充分消毒法を執行せり。同時に中里見村衛生組長乾四郎・乾次郎二氏より、同字寄留人高橋廣吉方に疑似患者あるを発見せるを以て、検診を乞う。直にこれを検するに、二名の赤痢患者にして、一名は既に五六日を経過せり。これまた傳播の経路判然せず、

まだまだ記録は続くのだが
終わり近くはこうである

七月六日より九月三十日に到る。
里見村赤痢患者総計百六十人
全治百二十九人　死亡三十一人
隔離収容七十人　全治五十九人　死亡十一人
自宅治療九十人　全治七十人　死亡二十人

付言

右、ははなはだ粗略の調査なれども、初発より九十日間、野生の実験目撃せし処を記録せるものにして、いささか霊飾誤謬なきを証明するところなり。なお実地を経歴せられし諸氏の増補を乞い、以て後世の資料に共せんとす。
時に明治二十九年十月一日　木暮良之助

これを書いた人はわたしの曾祖父である。当時三十二歳の、東大医学部を卒業した若い医師。この記録の中、オーバーシュートをしたり、パンデミックになった医療現場の中に、多くの人が知っている人物が二人出てくる。一人は当時の群馬県知事石坂昌孝　もう一人は内務省衛生局長の後藤新平である。曾祖父は二人に直接会って言葉を交わしている。石坂氏は北村透谷の舅、石坂ミナの父親であり、後藤氏は奥州水沢の高野長英の末の縁者である。長英とわが家の良之助の祖父蘭方医で国学者の俊庵とはじつは江戸の尚歯会来の師弟の仲なのだ。

それを百二十五年後の今日、木暮俊庵雅樹の末裔のじぶんがいま明らかにしているという。

なんとも不思議な、縁と思う。

みんな、そらみみ

寂しいのか、と
不意に問われれば
さびしい、と口答える

それほどに、退屈かと
訊ねられたりすれば
すこしばかりと

痩せ我慢では？　と
肩口から覗かれれば
いたしかたないではないか、と

手が空いているのなら
茶！　と
言い放ってはみるが

誰もいないのである
みんな、そらみみ

でもそこにひっそり
立っている、静かに
なんだと思う？

言霊

さあ跳んでみろ

ゲオルグ・ヴィルヘルム・フリードリッヒ・ヘーゲルの年譜を読む。ヘルダーリンとベートーベンと同い年だ。

ヘーゲルは一八二〇年六月二十五日、ベルリンにてと記して、『法の哲学』の序文を書いた。コレラで身罷ることになる六十一年の生涯の主著である。

「本稿は、国家学をふくむかぎり、国家を一つのそれ自身のうちで理性的なものとして概念において把握し、かつあらわそうとするこころみよりほかのなにものでもないものとする。」

このように書いたあと、

Hic Rhodus hic saltus.

〔ここがロドスだ、ここで跳べ〕

さらに『イソップ物語』のこの慣用句を、

これがローズ（薔薇）だ、ここで踊れ

ロドス（島の名）をロドン（薔薇の花）に、ラテン語のSaltus（跳べ）をSalta（踊れ）に少し変え、洒落てそう言い換えた。

ヘーゲルを徹底的《ラディカル》に読み込んできたマルクスはこのフレーズを自らの著書のどこかに挿みたかった、それも決定的な一行として。

ゆっくりと頁を繰って、マルクスの乾坤の一擲、

ここがロドスだ、さあ跳んでみろ
〔Hic Rhodus, hic salta!〕

五十年ぶりに書棚の奥から埃かぶった原書の資本論『Das Kapital』をひっぱり出し、つまり、第二十四章の「いわゆる本源的蓄積」に入る前

の箇所、第四章の「貨幣の資本への転化」の最後。一巻の一八一頁あたり、ゆっくりその行を探し出し、読んでみようと思う。

あとがき

本集は、前詩集『オウムアムア』に続く第十四詩集である。

印刷所にいつ入稿しようか迷っていた。そんなおり、長男雅樹のブログに、「昨日、三十八年ぶりに、産みの母と会いました」と書き込みがあった。

本集の巻頭におかれてある詩篇「再会――不可思議な幽霊」を書いたのは二年前のこと、作品が現実を呼び寄せたのかも知れない、と思った。勢い入稿を決め、さっそくに本詩集の編集にとりかかったのである。

いつものことだが、こうして詩集を出せることは、ほんとうにありがたいことだ。集題とした「瑞鳥」は、元号の革まった年の初夏、郷里の旧家のちかくを流れる小さな川、向井川にかかる橋のたもとあたりを家族五人で歩いていて、とつぜんあらわれた鳥に、みなが空を見上げた光景を詩にした際の作品名である。そんななんでもない一瞬の時を僥倖と思ったりする、そんな年齢になったのだ。

さいごになったが、これまでに出会った数々の友人・知人また親しき人に感謝申し上げるとともに、このたびの出版に際して前詩集同様にお世話になった砂子屋書房の髙橋典子さん、装幀の倉本修さんに厚く御礼申し上げる。

二〇二一年一月

田村雅之

初出一覧

再会——あるいは不可思議な幽霊	「花」第七四号、二〇一九年一月
深淵——うりずんの花	「花」第七五号、二〇一九年五月
後のすがたかたち	「ERA」第三次第一二号、二〇一九年四月
瑞鳥	「歴程」第六一〇、六一一号、二〇二〇年三月
わが王国	「花」第七七号、二〇二〇年一月
範として	「花」第七六号、二〇一九年九月
帰郷	「花」第七七号、二〇二〇年一月
童心論	未発表
乞食の犬	「花」第七六号、二〇一九年九月
耳原《みのはら》の陵《みささぎ》へ	「ERA」第三次第一三号、二〇一九年一〇月
弓弭《ゆはず》の泉	「ERA」第三次第一四号、二〇二〇年四月
速雨の乙女	未発表
宮相撲の庭	「花」第六七号、二〇一六年九月
辻の話——悼・百々登美子	未発表

蚕の舞	「花」第七八号、二〇二〇年五月
さざなみの記憶	「ＥＲＡ」第三次第一六号、二〇二一年四月
乾杯	「花」第八〇号、二〇二一年一月
飛行夜叉	「ＥＲＡ」第三次第一五号、二〇二〇年一〇月
靹太先生	「花」第八〇号、二〇二一年一月
伝言	「花」第七九号、二〇二〇年九月
翁草	「花」第七九号、二〇二〇年九月
土震《すなふるい》塚へ	「ＥＲＡ」第三次第一五号、二〇二〇年一〇月
丹生里で	未発表
一騒動の記録	未発表
みんな、そらみみ	未発表
さあ跳んでみろ	「ＥＲＡ」第三次第一六号、二〇二一年四月

詩集　瑞　鳥

二〇二一年四月三日初版発行

著　者　田村雅之
神奈川県相模原市南区上鶴間一―二六―九（〒二五二―〇三〇二）

発行者　髙橋典子

発行所　砂子屋書房
東京都千代田区内神田三―四―七（〒一〇一―〇〇四七）
電話〇三―三二五六―四七〇八　振替〇〇一三〇―二―九七六三一
URL　http://www.sunagoya.com

組　版　はあどわあく

印　刷　長野印刷商工株式会社

製　本　渋谷文泉閣